歌集

野守の鏡

柴田典昭

砂子屋書房

＊目次

I　平成二十九年

Ⅲ　令和元年（平成三十一年）

Ⅳ　令和二年

V　令和三年

Ⅵ　令和四年

Ⅶ　令和五年

装本・倉本　修

歌集　野守の鏡

I

平成二十九年

肖像画

ピエロ・デル・ポッライオーロの肖像画　離《さか》りし娘の眼差し宿す

喜びも愁ひも目元、口元に湛へて語らず少女の横顔

婚礼を控へて描かれたりしとふ少女の眼かなた見据ゑて

ルネサンスの少女の肖像眩しきは栞となりて闇に挟まる

正対の肖像にもはら慣れし目は横顔の画に心を覗く

独り居の寂しさ母には告ぐらしきスマホに娘は頬寄せながら

正対し生徒と語る日も僅か四十名の目力を浴びて

心の窓ありと言ふなれ見る者の心に窓は在るものならむ

久人君の面輪と声音を借りながら息子《こ》は挨拶す通夜の席にて

お調子者なりにし君の微笑みは棺《ひつぎ》の中に凝りたるまま

木枯の杜

光琳の紅白梅図の金泥を白銀《しろがね》に変へゆく冬の河

濃紺と白銀の帯なす墨流しくねりくねりて冬の世の川

木枯の杜より沸きて安倍川をおほふ狭霧が胸処を包む

霧は出で雲は流れて富士の嶺《ね》も時代も見えつ隠れつ定めず

冠雪の富士の額を隠すやう鍔《つば》の形に薄雲かかる

宵に入り届く宅配便ひとつ捺印をして仰ぐ冬空

朝ひとつ夕べにひとつ寒卵割りて菜花の黄の色に会ふ

ラスコー壁画　――国立科学博物館にて――

ラスコーの壁画見つけし少年のときめきを今ここに分け合ふ

教科書にかつて読みたるラスコーの壁画に向かふわれの少年

ラスコーの線描たどるレーザーに牡牛も馬も星座のきらめき

描かれしツノジカ、牡牛、バイソンの腹太くして流線型なす

ラスコーの壁画、システィナの礼拝堂、金堂壁画に脈打つは何

美に目覚め知を得て踏み入る人類の曙光が眩しラスコー壁画

雨傘

春雨にタータンチェックの雨傘が潤みて交はるあの年この年

ジャンプ傘、折り畳み傘これまでの日々包めるか疲れてをらむか

餞別に貰ふ雨傘これからの日々の如何なる影が寄り添ふ

明日より僻目《ひがめ》預けむ手作りの木製眼鏡レストいただく

生き馬の目を抜く現実《うつつ》を見ざるまま還暦祝ひの眼鏡のレスト

還暦の祝ひと歯科医の従弟より歯ブラシあまた齢《よはひ》磨かむ

古タイヤ

古タイヤ積み上げられし傍らを過りて思ふけふまでの日々

耐へつつも擦り減りゆきし記憶のみ残すタイヤは日々積まれゆく

繁りゆく樹々に遅れてプラタナス懸けたる鈴より若葉が揺るる

植込みの皐月は畏れを知らぬゆゑ日にけに花の領域広ぐ

かたはらの白詰草のけなげさに爪先ほどの初恋ありき

四日にてスコアを書き上げたりしとふ「リンツ」の若さにけふしも和む

きびきびと動くタクトに促されこころの春を奏づる「リンツ」

蒲公英の綿毛ふうわり丸み帯び飛び立つ前のゆとり見せたり

退職の春の野に咲く蒲公英の綿毛ぞ気負はぬ軽さを保つ

つばくらめ

つばくらめ狂《ふ》れたるやうに舞ひやまぬ小路に亡父《ちち》にも故人《とも》にも逢はず

地を這ふと見るやにはかに舞ひ上がりつばめ存命のけふの喜び

友とあり子らともありし日のきらら零して目交ひ燕過ぎゆく

真空管ラヂオに聞きし舞阪の越冬ツバメの宿の温もり

媼らとけさも挨拶交はしつつ識閾《しきいき》ひとつ越えゆく思ひ

この春の心のすぐれて緩ぶ日の懈怠《けだい》のままにゆく理髪店

刈られゆく髪は散華のごとからず穢れの影を帯びつつ落ちぬ

池の面《も》の揺らめく春のまひるまを猫ひそやかに来て水を飲む

野良猫か飼ひ猫なるか池を訪ふ固定客いま二、三匹なり

守宮

虚しさに耐ふる裸形のたましひの姿を曝《さら》して守宮《やもり》うごめく

守宮らは激しく諍ふさまを見せ玻璃戸に写る影もつれ合ふ

玻璃戸より洩るる光を身に浴びて守宮は闇に蠢く亡者

へばり付く玻璃戸の光りに寄る虫を見るや守宮の颯《さ》と喰らひつく

小さき蚊を発止と捉えたる舌の動きぞ守宮の生き物の性《さが》

白き腹さらし吸盤を頼りとし守宮の身過ぎ世過ぎのすがた

壁虎とふ虚仮嚇かしの名を負ひてただ這ひ廻る守宮の一生《ひとよ》

鈍重に生きてゆくほか術《すべ》なきと守宮の我が守宮を蔑《なみ》す

夏至を過ぎ沖縄戦のありし日も声なく闇を守宮うごめく

百合百花　——可睡ユリ園にて——

梅雨空の泣き出しさうな下に咲きはや泣き終へしさまの白百合

白百合の真中に淡き黄の雌蕊あかき雄蕊に囲まれ匂ふ

ペリカンの嘴の膨らむやうに見え百合の蕾の開花は近し

白百合の花開き切り六弁の花弁はここに袂を分かつ

オトメユリ、ウケユリ、ヤマユリけなげなれ日本を離れて生きられぬとふ

百合なべてアジア原産なるといふ潤む山野のこころに生れて

五月雨の降り残してや百合百花ひかりにまさる彩《いろ》のとりどり

木漏れ日を浴びて四色の百合の帯わが辿りゆくけふの日の彩《あや》

黄の百合は妻に白百合は娘《こ》にふさひ赤、橙色に遠き心根

百合百花きほへる苑をゆく人の心の中にも繚乱あらむ

歩く男 ——新国立美術館「ジャコメッティ展」にて——

ジャコメッティ「歩く男」の歩一歩《ほいっぽ》と前のめりして行くは何ゆゑ

俯きて「歩く男」の足先にジャコメッティの今日、明日、明後日

前足は地を踏み締めて後足は地を蹴立てむと漲る力

両腕をだらりと「歩く男」下げ〈あしたのジョー〉のスタンス思ほゆ

顔面の真中に尖る鼻のみが何処《いづこ》までもと伸びゆく塑像

一つまた一つと具体を消すゆゑにジャコメッティの塑像の痩身

対象に肉薄すればするほどに遭《あ》ふもの多きを言ふジャコメッティ

削ぎ落とし削ぎ落としゆくジャコメッティ細部に宿る神に遭ひしか

右の目の視線と左の目の視線合ふや命を得たるこの像

あしたより挑みし像をジャコメッティ夜さり崩しき昨日も今日も

秋茜

目に見えぬ水面が空にあるゆゑに秋津は等しき高さに群るる

空に浮く秋の気配のやうなもの触《さや》ればついと秋津発ちゆく

空にある波止《はと》に停まる秋茜われはもしばし思案投げ首

黄の残る体を光らせ秋茜狂《ふ》るるがに舞ひ朱を深めゆく

柿、秋津朱を深めゆくこの秋の〈喜怒〉が浮かびて〈哀楽〉忘る

赤目四十八滝

暗がりに微動だにせず潜みゐる山椒魚なる一生《ひとよ》もあるか

水槽の暗みに澱みゆく時を溜めて太れり山椒魚は

をりをりに滝見むとする思ひ湧くこころの柵《しがらみ》ほどきたき頃

台風と台風のあひの秋日和　香落《かうち》の渓《たに》の水の香かをる

布曳《ぬのびき》の滝の織りなす水の帯うつつの憂ひしばらくおほふ

琴滝に琵琶滝いづれも人の手にまさる手捌き奏でてやまぬ

岩の上を這ひゆくあまたの糸の先ほぐれて千手の滝ほとばしる

二分《ふたわ》かれする滝に荷担《になひ》の名を負はせ例へば再会橋とは言はず

ただならぬ怒りは総身よりあふれ青不動滝目前《まさか》落ちゆく

渓谷の百畳敷といふ広ら瀬音に混じり集《つど》ふ声ごゑ

滝見むとゆく二人連れ、家族連れ何がなし日々の翳を伴ふ

車谷長吉の闇に紛れつつ滝壺に見るわが日々の澱《おり》

滝壺の深き碧に波しぶきこの世にて見しものは何もの

木守柿

虫喰ひも滑らかなるも柿は柿まつたり舌に広がる甘味

頂きたる大柿日ごとに艶を増し日々のこころも朱に染まりゆく

深まれる秋の底ひに行き着くと思へば柿を四つに割りたり

木守柿ひとつ残して独り居の母の里より妻帰り来ぬ

茹で上ぐる十分ほどが長くして餺飥《はうたう》ゆらゆら湯の中踊る

木喰の里へと延びたる山道の浮かびて寒夜を餺飥啜る

秋空に近きは失せて下枝《しづえ》のみ桜紅葉はその虚を支ふ

鳶、鴉まなこ鋭く背を丸め今朝の寒さを分かち合ひたり

雀らの発つとき金の炎《ほむら》あげあなたの銀の炎は水鳥

II

平成三十年

栗鼠と餃子

革靴の先が勝手に躍り出し昇降口より栗鼠消え失せぬ

校門のめぐり蜻蛉《せいれい》の杜あたり栗鼠は棲み家と定めたるらし

震へたる肩、縺れ合ふ脚をもて栗鼠は栗鼠なる日々を生きゐむ

〈共生〉の街浜松は栗鼠の街　シンガポールにカワウソのやう

焼き餃子ラー油の濃き朱に潜らせて飽きず風花舞ふ日のゆふべ

餃子売る店の散らばる三方原　満州道路は北へと伸びて

朝焼けもあり夕焼けもありし日の黒雲ながく台地をおほふ

夕映えが台地の縁を焦がす頃なつかしき声　妣《はは》の声する

苺泥棒

――豊橋市美術博物館にて――

壁掛《タピスリ》に描かれしモリスの小鳥たち背中合わせにかなた見据ゑて

漲れる果実と弾けし石榴の実モリスの夢は図柄に溢る

ロセッティ、モリスの壁掛を裂くごとく仲絶えたるは女ゆゑにて

富《とみ》を美に変へたる不肖の子のモリス父はシティの仲買人なり

町娘ジェーン・バーデンを得てモリス蔓草の先に開く花々

織物《ファブリック》の「苺泥棒」賑やかに時の果実をむさぼる小鳥ら

〈芸術と生活《アーツアンドクラフト》〉と我も言ひたきにモリスは遠く叶はぬ憧れ

英国一うるはしとモリスの焦がれたるコッツウェルズの家並みの倹《つま》しさ

猫の妙術

一字づつ変体仮名を読み進む千のくねりの百人一首

江戸末期の手書きの百人一首とぞ一字一字に宿る言霊《ことだま》

佐鳴とはさなぎ、銅鐸の謂ひといふ風に葦笛響《な》りわたる湖《うみ》

猫好きは人好きさながら女好き国芳「猫の妙術」妖しも

生まれしは昭和の初めの招き猫殖えしは戦後の闇市のなか

人よりも人そのものの性《さが》を見せ今宵〈もふもふ〉の犬たち猫たち

森英恵、寂聴、立子の写真《うつしゑ》のセピアに英恵ばかりが華やか

寂聴の声と言葉の休みなき発火や老いて身は火打石

三十ヶ谷

降り込むの幸《さち》を思はず因果なる台風さなかのけふの引越し

三十《みそ》ヶ谷《や》とふ谷の底ひの仮住まひ薄き日射しを浴びつつ過ぐさむ

三十ヶ谷の西へと三昧坂は延び山にみ祖《おや》は目守《まも》りてをらむ

位牌まづ棚に置きたり合鍵とパソコン並べてはや仮住まひ

断捨離も遁世も忽ち身近なり簡素なるべし仮の住まひは

蜩《ひぐらし》の鳴きつ熄《や》みつの長き日を日暮しとなり雨眺めゐつ

色褪せし鳴子こけしは笑み湛へ大小二体を形見に残す

首廻すときキイキイと鳴るこけし二十日鼠のこゑ聞くごとく

遠ざかる昭和が残るアルバムの幼き母たち小芥子《こけし》のごとし

音もなく狗尾草の靡くけふ築六十年のわが家を毀《こぼ》つ

闇夜

前触れの驟雨とこもごも競ひつつツクツクボウシ、ツクツクボウシ

へばり付き窓を圧し来る風神に寄り切られしや停電の闇

停電にオール電化は術もなく徒手空拳に闇夜を膝行《ゐざ》る

セラピー用キャンドル闇夜を救ひたり外国《とつくに》の娘《こ》の残しし明り

果てしなく闇夜のおほふ停電の夜ごと夜ごとに原初の星々

炊飯器使へで土鍋に炊《かし》ぐ飯《いひ》つぶつぶとして甘き香放つ

台風に千切れし電線千本余六千六百ボルトの枝垂り

信号の点らぬ四、五日の通勤に〈見るべきもの〉の半ばほど見つ

停電に体内時計狂《ふ》れゆけり早寝早起き〈過ぎたるは猶《なほ》〉

停電の続くまひるま夜の闇に柿の実重りて橙色を増す

三尾

野分ありてここはさながら山分けぞ倒木乱るる高山寺道《みち》

倒れたる杉の巨木の香は著《しる》く高山寺参道直ぐに歩めず

石水院風雨に曝され傷み果つめぐり紅葉の色まさりつつ

ひたひたと冷気は充ちて石水院おほはむ雪とやがてなりなむ

レプリカの鳥獣戯画は片隅に置かれて本籍のみが残れり

凡夫われ明恵に繋がる一筋と夜ごと糺さむ〈阿留辺幾夜宇和《あるべきようわ》〉

神護寺の石段厳しく果てしなく紅葉を背にして紅葉へ登る

空海も最澄もゐし神護寺の千二百年後の紅葉のほてり

五大堂、毘沙門堂を経巡りて金堂の上に層なす紅葉

凛とする気配をいよよ引き締めて迎へくれたり伝頼朝像

神護寺の紅葉、冷気を震はせて真言を和す異国の人ら

声揃へ経を唱へて後世車ひとつ廻せば弾ける笑ひ

神護寺の参道なだるるやうに下り清滝川にひかりを掬ふ

鋭角に紅葉の山やま削られて底ひを清滝一筋が這ふ

清滝の谷に響かふ笑ひ声　靴音となり今しゆき交ふ

清滝の茶店の前のバス停にバスは休みて運転手をらず

Ⅲ

令和元年（平成三十一年）

風の清韻

弱音に始まり弱音にて終はる「未完成」なる一生《ひとよ》の薄明

「イタリア」とカップリングされし「未完成」この世に遺してシノーポリ逝く

春まひるファックス響《な》りて訃報あり山桜風にかがよふ見えて

始業式、入学式わがありし日に橋本《はしもと》喜典先生逝かれたりとふ

花祭り花の匂へる日に逝けり　橋本先生、上坂《うえさか》信男先生

章一郎、空穂、喜典先生の逝きし清明の風の清韻

小倉遊亀描ける「姉妹」それぞれに個性と気品溢れて並ぶ

遊亀の画の筆致を讃へし清方に「朝涼《あさすず》」乙女の鋭《と》き眼あり

人逝きて籠る心の片隅に「玄鶴山房」お鈴のさやけさ

はや散りし染井吉野に遅れつつ平成終焉《さいご》を散る山桜

雲雀と雀

甲高く己を主張する雲雀　群れつつ噂してゐる雀

遠目には〈ひかり〉、〈のぞみ〉もゆつたりと皐月のみどり過《よぎ》りゆくなり

鉄塔と鉄塔を繋ぐ高圧線ほどよく枝垂れ野を渉りゆく

気密性高まる新居《しんきよ》に聞こえ来ず鶯の里のうぐひすのこゑ

信号も横断歩道もなきあたり夜を斜交《はすか》ひに人渡りゆく

老い人が銜《くは》へ煙草にゆき過ぎぬわが町にゐる方代ならむ

薔薇苗の新芽の真紅ひりひりと雨に打たれてなほ伸びゆけり

梔子の花の真白の脇に立つポストに封書ひとつを落とす

天気の子

首振りの扇風機やをら向き直り祖母の顔して昭和を語る

夏空に筋雲ひそと寄り添ひて母のX線写真のやう

夏空に憂ひの雲を浮かべつつ生徒ら〈天気の子〉に逢ひにゆく

〈天気の子〉に出逢へぬ日々の悲しみが三十余名の無辜《むこ》焼き殺す

舞ひ上がる紅蓮の炎の〈地獄変〉アニメも仏画も罪なきものを

夏雲の動き膨らみ崩れゆく遅速や人の離合集散

面談の生徒の何ぞ素直なる鬼子母のこゑを傍らに聞き

〈通りゃんせ〉の響きに誘《おび》かれ渡りゆく横断歩道の先に用なし

荒井駅

雑踏の仙台駅より十三分ここより被災地となる荒井駅

地下鉄の荒井駅出でて何もなし駅舎すなはち交流館なり

仙台の荒井、わが住む新居《あらゐ》とも新たなる水寄せ来るところ

新たなる光に照らせば〈あらゐ〉とは津波の寄せ来し処に非ずや

壁面の仙台市街図その半ば白く塗られて津波の範囲

二階まで津波の寄せ来し荒浜小　校舎は残り生徒は居らず

復興の地に身を投じたる友のあり覚悟は言はず勤《いそ》しむを言ふ

閖上西区《ゆりあげにし》区画整理斑主査として寂寞《じやくまく》の地に仕業《しわざ》なす友

志津川の海

朝凪にカモメのあまた飛び来たる南三陸町志津川の海

三陸の海べ海べに群れ来たるカモメは逝きたる人にあらずや

ベランダに翼を広げたるカモメ空へ海へと誘ふごとし

志津川の浦廻《うらみ》をおほふ粗朶《そだ》、筏《いかだ》　大震災より八年を経て

志津川の家並みの消えし空白にぽつんと防災庁舎の鉄骨

クレーン車、トラックの這ふ一隅に低く小さく防災庁舎

「お気持ちがあれば」の声にバスを降り献花台にて生徒と掌合《て》はす

降る雪に寄せ来る津波に震へゐしその寸前の三十名はや

「避難して下さい」といふ声のみを遺せし人と他《ほか》十九名

蠟人形　――静岡駅頭にて――

家康像、竹千代像は駅前に各《おの》も各《おの》もに立ちて見《まみ》えず

とめどなく銀杏落葉の舞ふ日なり雑司ヶ谷にも降り頻るらむ

雑司ヶ谷霊園に黄葉なす銀杏その下にKと漱石眠る

吹き抜けの駅前広場の大屋根に冬日をまとひ鳩らは降り来

宝くじ売場を目指しびっしりと蠟人形の隊列続く

悟りには遠くて近き眼《まなこ》して富《とみ》くじ当たるを信ずる人ら

冬空に泣き叫ぶ子の空耳や声を嗄《か》らして呼び子は叫ぶ

Ⅳ

令和二年

馬鈴薯を食ふ人

うらうらと河津桜に日は注ぎコロナ、花粉に怯ゆる人ら

さなきだに見ざる聞かざる言はざるにマスクに覆ひて容れざるの人

馬鈴薯を食ふ人々を活写せしゴッホの眼《まなこ》の光りを思ふ

牧師にはなれざりしゴッホの画に込めし光り恋ほしも如月なかば

後退り続くる国の警告音ちまたにあふれ語る人なし

濃き味の野菜に遭はず濃き味の人にも逢はず野に草萌ゆる

春の虹

けふひと日春の嵐に耐へながら甕に留まり澄みわたる水

土中よりよみがへるものの親しけれ蛙の庭に来鳴く日近し

問ふは訪ふ、答ふは言合《ことあ》ふことならむ虹語り合ふしばしの友よ

ファスナーを上げやりし若き日の妻よ片脚立ちに立つ春の虹

能登の国雨晴《あめはらし》に見て忘られず海上はるかに弓張の虹

競ひつつ孔雀は大き羽根広ぐ春の深山に花の咲くやう

磯自慢

コロナとふ愛車かがやく日々ありき其の名のゆゑにいま厭はるる

ひさかたの光りコロナに励まされ〈いつかはクラウン〉夢見し日々はや

太陽光パネルの載らぬ本堂の大屋根ひかりの豪奢を零す

遁世の思ひに近しコロナ禍に「方丈」ほどが生業《たづき》の現場

義母《はは》見舞ひ義父《ちち》をみ墓に訪ひし日に里の地酒の磯自慢汲む

篠島のミル貝、伊良湖の大アサリ春の潮の著けきを嗅ぐ

この春のコロナ禍さなか見入りたる井川メンパの朱泥の深み

籠りゐる日々も歌はむ胸ぬちにモーツァルトの椋鳥飼ひて

天・地・人

首里城が焼け落ちコロナ禍重なれり太陽《ていだー》の国を訪へぬ生徒ら

琉球の三線《さんしん》のつなぐ天・地・人いつの日一つとなる音《ね》奏でむ

〈三密〉の押競饅頭《おしくらまんぢゆう》の暖を知る僕ら貧しき昭和の子なりき

サーファーの波のまにまに浮かぶ影あらがひ難き運命《さだめ》を見せて

目薬はただに目に点《さ》すものならず潤滑油として脳《なづき》に垂らす

味噌汁の香りあしたの鼻を撲《う》ちけふもコロナの難を逃るる

鳴神はだいだら坊に身を変へてずしんずしんと尻餅をつく

鳴神の騒ぐ夕べの夢うつつ乙女を背負ひてゆく川のそば

蜆蝶

衰へぬ晩夏の光りの凝る身の高ぶりを見せ飛ぶ雀蜂

へたれたるわが身をよそに四季咲きの薔薇の花芽は赤く伸びゆく

蜆蝶バラの枝先より離《さか》り疑ひはつねに現実となる

枝先を這ふ青虫を振り落とす明日の蝶より今を咲く薔薇

ささやきはさざ波となりやがて凪ぐ狭き職場をわたる秋風

修学院離宮の水辺の彩《あや》もみぢコロナの秋の待ち受けとせむ

「世の中に片付くなんてものありゃしない」『道草』の日々に雑草毟《むし》る

明治節

作業員マンホールに落ちて死にたりとふ秋日にぽつかり穴あく奈落

金木犀かをる香のなか現はるる父、母、妹すべてまぼろし

金木犀ならず銀木犀なると隣人言へど黄金《きん》の明るさ

明治節、すなはち文化の日に生まれ「治」の名を得て「虫」添へし人

クリスマスなき年わが家に重ね来てスクルージーとなりゆく我か

寅さんの後ろ姿を漂はせ帰省の息子ふいと出でゆく

V

令和三年

ムーミン展　――静岡県立美術館にて――

童心に還るにあらず童心の生るるをムーミン展に見むとて

ムーミンもタゴールも山室静訳　白夜と大地のおののき伝ふ

高き木に登りて未来を決めしとふトーベ・ヤンソン島の目をして

人の世の闇と光を描き分けて「冬のムーミン」「夏のムーミン」

「子供顔」する夏の日と「大人顔」する冬の日と　今日は木枯らし

ムーミンが極めて不人気なりと言ふ米国にただ夏冬の顔

遠くて近き

烈風にひと日竹群軋み合ふ呻きのやうな声たてながら

マンサクの黄は山茱萸に飛び火せりあなたこなたの空響き合ひ

梅こぼれ辛夷は揺らぎ馬酔木いま白き光の雫を湛ふ

マンサクと山茱萸の濃きこころざし　辛夷、馬酔木のつつましき性《さが》

かたはらに〈遠くて近き〉女《ひと》ひとり〈近くて遠き〉はらから離《さか》りて

サフランにありクロッカスになき雄蕊　ウィルスの朱き棘棘《とげとげ》のやう

みほとけのキセキ　――浜松市美術館にて――

「みほとけのキセキ」のキセキに鼻白み桜の中の美術館訪ふ

「キセキ」とは〈奇跡〉と〈軌跡〉掛けたるか確かに我等の日々またキセキ

桜舞ふ日も城跡のかたはらに住まひて病ひ養ふ従姉よ

竜禅寺、頭陀寺の如来、観音像　戦火に失せて写真《うつしゑ》残す

光背の紅蓮の炎とともに燃え戦火に不動明王焼け落つ

救はむと千手を伸ばす観音に戦火に惑ふあまたの手は見ゆ

廃仏に舘山寺本尊失はれ脇侍代はりのホテルはあまた

今切

行く春を惜しむは近江に限るまじ浜名の湖《うみ》の霞さみどり

シラス船行くさ離《き》るさに真つ新《さら》の波を被《かぶ》るも波押し返す

過客らも車内に微睡む頃ほひか浜名の湖もまどろみのなか

浜名湖の眠りをしばしば断ち切りて〈のぞみ〉〈ひかり〉の刃《やいば》ゆき交ふ

曾祖父《おほちち》と釣り糸垂らし大戦の前夜を父の浮かびし小舟

今切《いまぎれ》と畏《おそ》れを伝へ五百年　浜名湖を裂きし大津波より

浜名湖と遠州灘とを二分けになしつつ浜名大橋降る

夏空

プールより嬌声ひびく夏空と水の蒼さに挟み撃ちされ

夏空に響くラ・メールの歌声よジュリエット・グレコも逝きて一年

露草の一群消えて墓参り昨年《こぞ》までなせし媼も見掛けず

夏空のきらきら星の変奏曲この世にたまさか逢ひし人らよ

『風車小屋便り』の「星」を読みし日の夢の星空はるかなるかな

薄明の渓《たに》歩みゆく夢うつつあはひに微か山鳩鳴けり

蟬の声「八釜しい」とぞ表記せし漱石『こころ』の闇深きかな

油蟬、つくつく法師に変はること記すは『こころ』の「遺書」の直前

ふはふはと百日紅の花咲くあたり母のたましひ漂ひてゐむ

くれなゐの濃きに始まり百日紅淡きに移り白きに至る

スーパーの自動車《くるま》溜りにサクラ猫集ひてこの世の溜り場となす

始発駅

朋輩もわれもつくづく佃煮の煮詰まり苦くて甘き小魚

終着駅すなはち始発駅にして奥村チヨを娶りし歌びと

〈あの人に会いたい〉人は会へぬ人会ひたき人のおほかたは亡き

テーブルを叩き叩きて指揮棒を振りあげ説きし朝比奈隆

章一郎先生、朝比奈隆とも温顔、白髪、少しの茶目っ気

生没年同じき窪田章一郎、朝比奈隆の歩みき自《し》が道

Ⅵ

令和四年

遮光カーテン

朝刊を取らむと出でたる明け暗れの光りを攫《さら》ひ黒猫走る

水仙はいま伸び盛りの小学生朝ごとにおはやうございますとふ

水仙の薫り夕餉の柚の香の冬日の翳るまにまに溶け合ふ

密かごとなしと言はなく夕暮れのこころに遮光カーテンを引く

煮魚の白身がほぐれあらはるる韻律のやうな背骨の撓り

桃 華

骨折に始まり立てない歩けない終焉《つひ》の呟きもう食べられない

父逝きて三十二年にて母逝きぬ老いといふもの真具《まつぶさ》に見せ

『青春はうるはし』を読みし日は遥かヘッセの父と母に重ねて

不意に挙げ空をまさぐる母の手を握りてやればよかりしものを

夜ひと夜傍らにゐてしらしらと夜の明け初むや母に息なき

夭折の姉たち戦死の兄たちの後駆《しんがり》了《お》へぬ末子の母が

三月三日未明逝きたり戒名に桃華の二文字母はいただく

柿田川湧水

喧噪の幹線道路の下に湧き富士の雪消を伝へたる水

新任の頃に訪ひしか湧く水は何も変はらず永遠《とは》に変はらず

音もなく湧き出づる水　揺れながら上りて沈む砂にて知れり

言ひさして止みにし言の葉よみがへるほこりほこりと水湧き出でて

言ひ立つることなく目守《まも》りくれし人　湧き出づる水のまにまに浮かぶ

言ふ者は知らず、知る者は言はずとふ老子の言葉も湧き出づる水

柿田川ここより流る潜みゐし〈未生以前〉の〈面目〉あふれて

逼塞しみづから酸味を甘味へと変へゆく意気地や蜜柑の寿太郎

彼はもう大丈夫だと言ふやうにブロッコリーの緑のもくもく

春の海

風紋の広がる春の砂浜を乱し来りて乱しゆくべし

打ち寄する波高からずここまでのみぎはの足跡照らす春の日

汀の弧、水平線の弧とかなた結び目あれど解るるけはひ

「春の海」お昼寝タイムに聞きし日々まどろみの波戻ることなし

群れゐたる杜の鴉はけたたまし浜辺に孤高の鴉は一羽

釣り人と一羽の鴉が眺めゐる海はひねもす波寄すばかり

地引網友と引きしはこのあたり夢の名残をいまは曳くのみ

スペインの諺

おみくじは大吉なれど縁談も商売《あきなひ》、相場《さうば》なべて縁なし

陽水の声がをりをり聞こえ来て〈探しものは何ですか?〉と問ふ

雨傘のよきに程よき重さあり持ち重りせぬ旧き友どち

スペインの諺はよし陽射しよし〈愛は愛もて接するもの〉とぞ

宮城野萩

いつ咲くやいつ花開くやと待つ萩の小花が競ふ一生《ひとよ》の秋に

萩小花ふはりふはりと風に揺れとめどなき日はいつしか過ぎぬ

これまでとざんばら髪を振り乱す萩の枝えだ未練はなきと

思はざる群がりなして咲く萩の小花みながら囁くごとし

ひと群れの萩は左右に揺れやまず妻はた母に過《よぎ》りし悲しみ

蓬髪のあれば萩髪《しうはつ》の濃紫《こむらさき》あるべし風に靡きてやまず

置き去られ連れ去られけむ児のニュース〈小萩がもとの風〉思はるる

宮城野にミヤギノハギは生《お》はずとふ騙《かた》りといふにかなしき語り

宮城野区、若林区に萩生はず黄土の更地広がりゐたりき

赤焼

森山の赤焼しつとり掌《て》に馴染む血潮の高鳴る気配鎮めて

三十年ぶりにまみゆる陶工の痩身、蓬髪、面輪の光り

遠州の森の陶房囲みつつ赤味を増してゆく次郎柿

落日の雫に染まる赤焼の裡なる灰白いづみのごとし

水仙のまだき芽ぐめる茎の先白き火群の幻は見ゆ

五十音図

何処からか柿の木、栗の木、枯れけやき聞こえて白秋恋ひしきひと日

秋空のカ行の気配に浮かび来る白秋「五十音図」の一行

シートより花も紅葉も消え失せて仙石原の切手一枚

穂芒の靡く仙石原の秋　折口信夫の戦後を思ふ

すすき原分けゆく風の通り道　仙石原に迷ひてみむか

けふもまた飽きずに〈ことばあそびうた〉かつぱかつぱらつて行きしは歳月

おてがみをよまずにたべたくろやぎさん黒山羊さんになりゆく私

鍋割の水

蒲《がま》の穂と泡立ち草とが鬩《せめ》ぎ合ふ休耕田の冬の夕暮れ

柿の木のたわわに実を付け枝を張る　ここに僅かにふるさとの景

トンネルの向からは廃村　地下鉄の闇の向からに明日《あした》は在るか

下水みな排水溝へと入るせつな闇の鴉の鳴き声ひびく

問はずともをりをり自動調理鍋「一生懸命頑張ってます」

沖をゆく雲の歩みの貨物船こなたのバイパス蟻の足取り

峠路に鍋割《なべわり》の水飲みし日の記憶がけふのこころを雪ぐ

Ⅶ

令和五年

大寒波

大寒波せまる夕べを甘海老の蒼き卵の粒せせり食ふ

酒、肴、人みな淡きを友としてカマスの塩焼きほぐしつつ食む

花祭の斎庭《ゆには》に榊鬼のなす反閇《へんべ》を真似れば膨らむうどん

琴平のうどん学校の様をまね踏みしだきたり儚き日々を

冬空の剪定鋏は群がれる小枝を払ひ太きを残す

柵を越えいつしか棲み付く居候　子らに代はりて水仙明し

霜だたみ

霜だたみ踏み割り興ぜし日は遥かいま底抜けむとする世を生きて

霜を置く野面の耀くやうに見え地上をおほふ銀鼠《ぎんねず》の板

すすき原、 家並み、 ふたたびすすき原たどるけふの日けふまでの日々

駅頭の高処をゆつくり鳶の舞ひけふの遠出も然もなき用事

鳶が二羽即かず離れず廻りゐる空にて清談交はせるごとく

ホームにて電車の吐息のやうなもの聞きをり発つ音、停まらむ音

置き石の放送入りて否応なくホームに置き石と化す人の群れ

鶏舎より鳴き声響く玉子屋の昔ながらに人は押し寄す

塩鮭を焼けば忽ち反り返りぺらんぺらんの日々よいつまで

ほつほつと顔出す椿ちちははよ友よあなたを忘れてゐません

フラワーパーク・ガーデンパーク

一直線なして飛びゆく鵜の群れの溺るるやうに湖面に傾《なだ》る

まひるまは一直線にゆく海鵜ゆふべは大波描きてわたる

工場の街浜松の懐にフラワーパーク、ガーデンパーク

〈八隅知し《やすみし》〉大王《おほきみ》となる思ひあり展望塔より見放《みさ》くる浜名湖

なるちゃんが泳ぎし岸はあのあたり昭和の浜名湖明るく和《な》ぎて

駐車場、庭園広場はるばると人群れ憩ふかつての湖底《うなぞこ》

養鰻池埋め立て〈花博〉開かれぬ新世紀祝《ほ》ぎ華やぎし頃

浜名湖の浜名は浜のあたりなり釣りバカのハマちゃん今日も糸垂る

村櫛《むらくし》の端にガーデンパークあり津波に村越《むらこし》来たると伝へて

谷あひのフラワーパークに山桜、躑躅の花咲き噴き上げ光る

フラワーパークともに歩みし人も逝き歳歳年年、年年歳歳

みづうみは先づ水面より季移《ときうつ》る冬の紺青、さみどりの春

松林、枯葦越しの湖は日射しに従ひ刻刻の色

父たちの泳ぎて渡りし浜名湖の東岸西岸、此岸と彼岸

周期

昨年《こぞ》桃の節句に逝きてはや一年　春ごとに母の回忌は巡る

来世をば銀河の渦のごとく言ふ『死は存在しない』はまことか

桃源郷あれば桜源郷あらむ枝垂桜の回廊をゆく

信楽の里の外れの山深くミホミュージアムにてなす桜狩

桜ゆゑならず税制ゆゑなるとふ年度の始めの四月華やぐ

秋入学立ち消えのままにこの国の周期揺るがず春入学制

水無月の茅の輪くぐりに射す日射しいにしへ人もせし時空超え

あとがき

『野守の鏡』は『猪鼻坂』に続く私の第四歌集です。平成二十九年の春から、令和五年春までのほぼ七年間の作品、四百首を収めました。私の六十歳、還暦の年から、六十六歳までの作品となります。

六十歳を限りに三十七年にわたる教員生活を終えましたが、引き続き再任用教員として五年間勤めましたので、日々の生活にそれほど大きな変化はありません。とは言え、多少、心身にゆとりが生じて参りましたので、それが作品に反映しているかもしれません。

作品名とした「野守の鏡」は平安時代末期の歌論書、『俊頼髄脳』などに載る話です。能の演目にも取り上げられ、演じられてもいるようです。天智天皇の「はし鷹」（狩猟用の鷹）が行方知れずとなったときに、野に溜まった水を鏡として、彼方の丘の松の枝にとまっているのを「野守」が直ちに見つけたというものです。

　さて、短歌はどのように歌っても、心の中を「野守」たる読者に、「鏡」に映る影のようにして、たちまち見抜かれてしまいます。そうした畏れのようなものを、最近、ますます感じるようになりました。

　その一方で、「野守の鏡」、すなわち短歌という小詩型が、天上のもの、世上のものを掬い取る力のあることも、ますます感じるようになりました。地上を見つめる「野守」であろうとするそのことにも、やはり畏れのようなものを感じるこの頃です。

〈うた〉にそのような力のあることを知ればこそ、こうした歌説話が語り継がれて来たのでしょう。私もこの二つの畏れを忘れることなく、これからも作歌を続けて参りたいと思います。

　この七年の間に、「まひる野」で親しくお世話いただいた、橋本喜典先生、小林峯夫先生、篠弘先生が相次いで鬼籍に入られました。また、私事ながら、昨春、諸先生と同世代の母を亡くしました。身内にも両親と同世代の者が居なくなりました。多くの皆様からいただいたこれまでの御恩を胸に刻みつつ、私にも及ばずながら次世代に伝えるものがあるものか、努めて参りたいと思います。

今回も、これまでの三冊の歌集でお世話になった田村雅之様に出版の一切を委ねました。また、同様に、これまでの歌集に彩りを添えてくださった倉本修様に、今回も装丁をお願いできますことをこの上ない幸いと感じております。

令和五年六月二日

柴田典昭

まひる野叢書第四〇五篇

歌集　野守の鏡

二〇二三年九月一三日初版発行

著　者　柴田典昭
静岡県湖西市新居町新居一四三三―三（〒四三一―〇三〇二）

発行者　田村雅之

発行所　砂子屋書房
東京都千代田区内神田三―四―七（〒一〇一―〇〇四七）
電話　〇三―三二五六―四七〇八　振替　〇〇一三〇―二―九七六三一
URL http://www.sunagoya.com

組　版　はあどわあく

印　刷　長野印刷商工株式会社

製　本　渋谷文泉閣